Oskar Panizza

Düstere Lieder

Oskar Panizza

Düstere Lieder

ISBN/EAN: 9783743418080

Hergestellt in Europa, USA, Kanada, Australien, Japan

Cover: Foto ©Andreas Hilbeck / pixelio.de

Oskar Panizza

Düstere Lieder

Düstre Lieder

von

OSKAR PANIZZA.

LEIPZIG.
VERLAG von ALBERT UNFLAD.
1886.

DÄMMERUNGSSTÜCKE.

I

DAS GROSSE HAUS.

Ich kam einst in ein grosses Haus,
Ich schaute;
Viel zogen ein, Niemand heraus,
Mir graute;
Durch Gang und Flur kein lautes Wort,
Ich horchte,
Nur Winken hier und Flüstern dort
Ich forchte;
Und still in jeder Nische leis
Mit Wehen
Knie'n Klosterschwestern kreideweiss
Mit Flehen;
Und quer den Gang kommt Sarg auf Sarg
Gekeuchet
Mit Leichen selig, still und arg
Erbleichet

*Durch alle Säle Bett an Bett —
Verderben! —
Mit Menschen ächzend, schmerzgekett',
Die sterben;
Bebrillte Herren gehen herum,
Die winken,
Und zischeln, lachen fein und stumm
Und zwinken;
Ringsum „hä hä" Gehüstel wirr,
Verstecktes,
Und pfiffiges „hi hi" Gegirr,
Gelecktes;
Es weht ein kalter Leichenduft
So eisig,
Aus Ritz' und Spalt' dringt Gräbesluft
So schweissig;
Da fasst mich Todesangst, fort, fort!
Ich eile,
Und hinter mir der ganzen Hord'
Geheule;
Die Schwestern bleich umringen mich, —
Ich schreie,
„Wir brauchen für den Himmel Dich!" —
In's Freie!
Ich komme gut zum Haus hinaus,
O Schrecken!*

Aus allen Fenstern drängt's heraus,
Es recken
Viel' Körper nackend, brestverschwärt,
Die bäumen,
Mit Mienen dunsig, wuthverzehrt,
Und schäumen,
Es zeigt mit tausend Händen her
Anklagend,
Und Augen rollen wild und schwer.
Wie jagend
Das ganze Haus die Höll' im Nu
Vereinte, —
Ich aber schloss die Augen zu,
Und weinte.

IN DER KIRCHE.

Frohnleichnam, — Charfreitag, — bluter-
füllte,
Sonderbare, kirchliche Feste,
Wo das Volk, aufhorchend dem Glockenge-
läute,
Plötzlich aus tausend geöffneten Thürchen
Und Lädchen, und wappengeschnitzten Por-
tälchen
Ameisenartig herausrennt und sputet,
(Doch And're fahren in knerz'gen Karöss-
chen)
Unter dem Arm sorgfältige Bündel
Hübsch geschnürter, gezählter Sünden,
Wie alte, riechende Lumpen von Weibern,
(Doch auch rothe, zierliche Mädchenschlei-
fen)
Die sie alle eilig zur Kirche tragen,

Zu süssem Weihrauch und strahlenden Kerzen
Am Fuss der heiligen Gertrude,
Und lachen schon jetzt in sel'ger Verzückung,
Denn sie kennen den Kaufpreis. —

Es war in einem Kirchlein in München,
Geweiht der heiligen Gertrude,
Da sassen Männlein und Fräulein beinander,
Alte graudurchfurchte Gesichter,
Und stillerröthende Mädchenmienen
In gebückter Andacht,
Und zitterten vor sehnsücht'gem Verlangen.
Doch hinter gläsernem, staubigem Kasten
Sass Gertrude, das fromme Mädchen,
Voll schmelzender Anmuth,
Und wächsernbleich, und strahlenumflossen,
Und geschmückt mit Perlen und kostbaren Steinen,
Und lächelte sanft; — zuweilen nur
Unversehens krochen flüssige,
Rothwächserne Thränchen aus den Aeuglein
Voll schmachtender reiner Himmelsbläue. —
Und horch! die rothen Lippen erzählen
Die alten, kleinen, frommen Geschichtchen,

Die tausendjähr'gen Histörchen vom Himmel,
Wo Maria, die ad'lige Himmelsob'rin
Dortsitzt am Thron, in der weissen Brust
Die sieben Schwerter, während die Lippen
Lächeln den honigsüssen Qualen, —
Von den weissen, schneeigreinen Gefilden,
Wo die Märtyrer mit klaffendblut'gen,
Rieselnden Wunden so friedlich einhergehen
Und zählen die Lanzen in der Brust, — —
Ach! die ruhige Seligkeit,
Die kalte, leichenduftige Wonne,
Das Gertrudliebliche, fromme Geflüster
Und nackte Auskramen, — es zerreisst mein
  Herz,
Ich seh', nach Wunden durchsuchen die Wei-
  ber
Den eignen stinkigen Körper voll Beulen,
Nach Dornenkronen greifen die Greislein,
Und die Mädchen sie lächeln jetzt wie Ger-
  trude;
Eifersucht, märtyrerblutiger Neid
Packt die weihrauchmatten Gemüther,
Und Alle möchten erlösen die Menschheit;
Furchtbare Wirkung, schreckliches Gift
Aus Gertruds kleinem, wächsernem Munde, —
Zum Glück! — ich seh', — auf höchster Galerie

Da wo die Glorien gemalt, — zum Glück! —
Da zitzen kleine, haar'ge Gesellen,
Mit neckischen Hörnern,
Und schwarzen, langabhängenden Schwänz-
chen,
Die spotten herunter mit Hohngezwitscher
„Himmel, Gewimmel, Geklingel, Gebimmel!"
Und pfeifen lustige Höllenliedlein,
Und werfen herab gold'ne Dukaten,
Lockspeisen der Seele, —
Der todterschrock'ne Priester erbleicht,
Ihm entfäll' die Monstranz,
Es zerspringt der Glasschrein der süssen Ger-
trude
Mit gellem Riss,
Und hinausstürzt die Menge.

DAS ROTHE HAUS.

Es war um Mitternacht, ich ging
Nach Hause zu eilen alleine,
Es war eine sanfte Sommernacht
Mit weissem Vollmondscheine.

Mein Weg war lang, und ausser der Stadt
Lief er gekrümmt und ferne,
Ich wählt' einen kürzer'n, denn ich war müd,
Doch wählt ich ihn nicht gerne;

Denn an dem Weg da lag ein Haus
In rothem, flammenden Schimmer,
Baroken Stils, — vor diesem Haus
Laut warnen hörte ich immer;

Zimmer an Zimmer sei besetzt
Mit sonderbaren Tröpfen,
So hört' ich, — gefüllt bis unter das Dach
Mit geistesverwirrten Köpfen;

Und Köpfe voller Gedanken, sogar
Gedanken die schwere Menge,
Die Körper kämen nicht in Betracht,
Die Köpfe oft in's Gedränge.

Die seltensten Gedanken spännen sie aus,
Und liessen davon sich umgarnen, —
Doch vor den Gedanken und vor dem Haus
Nicht laut genug hörte ich warnen.

Es sei die Geschichte von jenem Baum,
Von dem verboten zu essen,
Die Frucht sei wunderbar und süss,
Doch die Folgen nicht zu bemessen.

Es sei die Geschichte vom Bäumchen, das
Nie aufhörte sich zu beklagen,
Und gläserne, blinkende Blätter bekam,
Doch die gläsernen Blätter zerbrachen.

Von Prometheus die stolze Sage sei's,
Vom Trotze, der nie entmuthet,
Licht haben musste um all's in der Welt,
Und hat er's, dann lachend verblutet.

(Es erinn're an jenen sanften Mann,
Der gequält von den schwärzesten Fragen,
Und endlich bekannte, was ihn gequält,
Und dann bat, ihn an's Kreuz zu schlagen.)

Dies überlegend kam ich hinaus,
Der Vollmond strahlte hernieden,
Da lag das prächtige, rothe Haus,
Es lag im tiefsten Frieden.

Und all die grübelnden Häupter jetzt,
Die unergründlich tiefen,
Die ruhten nun von der Tageslast,
Vom Denken aus, und schliefen.

Getäuschte Lippen, einst geküsst,
Und tiefgekränkte Herzen,
Die ruhten nun eine glückliche Nacht
Von ihren Wahnsinnsschmerzen.

Und Träume vielleicht aus goldner Zeit,
Aus Sonnentagen, aus hellen,
Als sie noch gedankenarm und froh,
Die matten Seelen schwellen.

Mir ward bei diesem Anblick so weh',
Ich dacht' an die Qualen, die meinen,
An das böse Gezänk' in der eigenen Brust,
Ich musste bitterlich weinen.

Ich dacht' an den goldenen Jugendtraum,
Ich dacht an die Mutter, die gute,
An eingestürztes Lebensglück.
Mir ward so schmerzlich zu Muthe. —

Doch sieh', da regt's an den Fenstern sich,
Und die Gardinen rückten,
Und weisse Gestalten in Röckchen und Hemd
Die schauten heraus und nickten;

Männer und Frauen, sie schienen sich
Für mich zu interessieren,
Oft guckten weissnackend die Glieder heraus,
Doch that sie's nicht genieren.

Die ersten holten and're herbei.
Es regt sich in jedem Geschosse,
Es war, als wich ein Zauberbann
Von diesem rothen Schlosse;

Als wär' ein tausendjähr'ger Schlaf
Auf diesen Leuten gelegen,
Nun kommt der Prinz und spricht das Wort,
Und nun beginnt sich's zu regen.

Sie krochen selbst auf die Dächer hinauf
Wie flinke behende Affen,
Und deuten mit mageren Armen her
Auf mich herab und gaffen.

Es gab ein wildes, tolles Gedräng
Mit ihren Busen und Kröpfen,
Und ganze Fenster waren oft
Bepflanzt mit lauter Köpfen.

Sie blickten müd und kummervoll,
Und scheuten sich zu sprechen,
Es wollte nach so langer Zeit
Keiner das Schweigen brechen.

ie Augen rissen sie auf, — doch ach,
e hatten wohl viel vergessen,
h aber kannte manchen Mann,
it dem ich am Tisch einst gesessen.

uch viel Familienähnlichkeit
ar hier, — der Vater nebst Sohne,
ruder und Schwester, der Stammbaum ganz
on manchem Graf und Barone.

uch mancher Freund, der einst, ich weiss,
m besten den Horaz übersetzte,
ah bleich und müd zum Fenster 'raus
nd gesticulirte und schwätzte.

h sah noch manches bekannte Gesicht,
och will ich nicht länger verweilen,
lan schont die Allernächsten gern,
rum lasst uns weiter eilen.

uletzt kam auch der Director herbei,
r war im schwarzen Fracke,
ein riesiger Schädel glänzend und feist,
inen Orden am fetten Genacke.

Der Director sei der geschickteste Mann,
So hört' ich, in Schmeicheln, Verführen;
Die Nüchternsten und Gesunden sogar
Vermöchte er zu rühren.

(Es erinnre an Scharfrichter dies
Voll so zuversichtlicher Miene,
Dass es manche gelüstet zu legen sich
Unter seine Guillotine.)

So behaglich er! Was die andern hier
So verzehrte, schien ihm zu passen;
Es schlug ihm an; — vom ersten Stock
Fing er an mit mir zu spassen:

„*Aha mein Freund!" (voll Bonhomie),*
„*Sind wir nicht alte Bekannte?*
Bitte, treten sie näher nur,
Sie sind doch der — wiegenannte?

„*Ich vergass, — gleichviel, Sie sind mein Gast,*
Und soll'n wie zu Hause sich fühlen,

*Was Sie auch herführt, —" weiter unten
                                rief's:*
„„*Es wird ihm im Kopfe wühlen!*""

„*Eine geist'ge Freistatt suchen Sie hier
Für Ihre Ideen und Sparren,
Die sollen Sie haben, —*" die andern schrei'n:
„„*Wir haben die feinsten Narren!*""

„*Sie erhalten ein Zimmerchen nett und klein
Mit Riegeln erster Classe,
Die Kost wird allgemein gelobt,
Der Staat füllt uns're Casse.*

*Gelegenheit zum Denken ist hier,
Zum trüben und zum heitern;
Die Hirne schiessen hier in's Kraut,
Die Köpfe sich erweitern,*

*Die Köpfe wachsen riesengross
Mit Augen stier und hässlich,
Arme und Beinchen werden klein,
Die Gedanken unermesslich.*

*Dort hinten ruht eine Collection
Der prächtigsten Exemplare,
Wir freuen uns schon auf ihr Hirn,
Sie wuchsen viele Jahre."*

*Er deutete hier abseits, — voll Grau'n
Folgt' ich ohne Athem zu schöpfen
Und in der That, ich sah einen Saal
Voll lauter schwitzenden Köpfen.*

*Von unten bis oben mit Köpfen gepfropft,
Die Besinnung kam mir in's Schwanken, —
Ein Zimmer mit lauter Köpfen voll,
Die Köpfe voller Gedanken.*

*Köpfe bedeutend, kugelrund,
Mit griechischen Nasen und Stirnen;
Man sah es gährte und blitzte stark
In diesen mächtigen Hirnen.*

*Mit vorgetriebenen Augen oft
Der Eine den Andern ansah,
Eifersucht glast aus den Augen heraus,
Sie kamen sich oft zu nah.*

Zum Kampfe käm's hier sicherlich
Doch fehlt es an Muskeln und Waffen:
Die Spinnengliederchen sind zu fein
Um den Kopf nur fortzuschaffen.

Der Kampf, den sie führen, ist stumm und leis,
Es brüllen im Kopf die Haubitzen,
Gedankenschlünde brechen los
Und geist'ge Lanzen blitzen. —

Einen Augenblick ging der Director zurück
Einen Orden noch umzuhängen:
Da fingen die Andern mit Ungestüm
Gleich an mich zu bedrängen:

„Komm doch zu uns herein und schau,
Wir liegen in herrlichen Betten,
Wir wandeln auf Parquet, und kaum,
Höchst selten findest Du Ketten.

Komm her zu uns, Du passt zu uns,
Auch Deine Gedanken stürmen;
Hier bist Du völlig gedankenfrei,
Wir werden Dich schützen und schirmen.

Du brauchst keinen Pass und keinen Schein,
Wenn Du nur Ideen im Hirne,
Doch die hast Du, — man sieht sie brennen
      Dir ja
Fast durch die verwegene Stirne.

Du lebst wie ein Fürst hier, in Saus und
      Braus,
Wein giebt es täglich zu schöpfen;
Die besten Gerichte speist Du dazu, —
Wir wollen Dich dann köpfen.

Entflieh der Welt und ihrem Zwang,
Dem geistigen Chikaniren,
Hier bade Dich im Ideenrausch, —
Wir wollen Dich dann seciren.

Hier bist Du jeglicher Fessel frei,
Darfst toben, rasen und fluchen,
Und leisten, was Dein Gehirn nur kann, —
Wir wollens dann genau untersuchen.

Die armen Menschen da draussen bei Euch
Unter Zwang und Gesetzesverhängniss
Sind übel daran, sie dauern uns sehr,
Sie leben in lauter Bedrängniss.

Was sie zum täglichen Lebenskampf
An geistigem Quantum spenden
Lohnt nicht der Mühe, verglichen mit dem,
Was wir nur stündlich verwenden.

Komm' zu uns; — ein glänzendes Avance-
ment!
Du wirst Kaiser, Obergott, Rector
Totius mundi, — und bist Du gescheid,
So machen wir Dich zum Director!" —

Sie lockten mich mit vieler Lust,
Mit sanftem ehrlichen Girren;
Wie Zigeuner mit bäckigen Aepfeln oft
Die blonden Kinder kirren.

Mich ergreifen durften beileibe sie nicht,
Selbst musst' ich hinein mich wagen,
Im Märchen hat Alles sein Aber und Wenn,
Doch dann nähmen sie mich beim Kragen.

Im Märchen wird Alles bequem gemacht,
Man lockt mit Braten und Schüsseln, —
Schon stunden zwei lachende Portiers da
Und rasselten mit den Schlüsseln.

Uns lockt oft eine geheime Lust,
Das Märchen muss sich erfüllen, —
Wir kämpfen, doch wir vermögen nichts
Mit unser'm stolzen Willen.

Doch dacht' ich mir, noch bist Du gesund,
Die wollen Dich nur betrügen, —
Noch bist Du gesund, noch bist Du gescheid,
Und lässt das Haus links liegen!

Noch hast Du unendlich lieb die Welt
Mit all' ihren Schmerzen und Jammer,
Und lieber verbluten, als leben hier
In dieser rothen Kammer!

Noch hast Du die Liebe, — sie ist gewiss
Das mächtigste der Gefühle,
Sie rettet Dich vor dem rothen Haus
Und vor dem schmutz'gen Gewühle.

DIE ROTHE BRAUT.

Ich kam in einen Rittersaal
Voll Prunk und Glanzgeräthe,
Voll Liebeszauber jeder Wahl,
Voll Waffenschmuck zur Fehde.

Die Uhren pendeln wild im Gang,
Und zeigten Geisterstunde,
Ein kalter Schauer lief entlang
Den Säulen in der Runde.

Auf Stühlen prächtig, sammetweich
War'n wunderlich zu schauen
Mit starrer Miene, schmerzensbleich
Viel herrliche Jungfrauen;

Im weissen Schmuck, mit Spitz' und Franz',
Und bräutlichem Geschmeide:
Doch in der Augen wildem Glanz
Lag Trauer nur und Leide.

Sie warten auf die weisse Braut,
Es ist schon Alles fertig,
Und Alles starrt mich an und schaut
Des Bräutigams gewärtig.

Die Uhren schlugen wilden Gang
Und schrie'n die zwölfte Stunde,
Da plötzlich brach der wilde Drang
Der Jungfrau'n in der Runde.

Sie schluchzten von den Stühlen auf
Und fahren wirr im Schwarme,
Und weinten wild in Schmerzen auf
Und rangen ihre Arme.

Und fortgerissen rief ich laut
Durch all' das wilde Wüthen:

„Wo ist die schöne, weisse Braut
Im Kranz und Myrthenblüthen?"

„„Die Braut ist nah, die Braut kommt bald;
Die Braut ist roth vor Liebe!"''
Doch durch die Rufe schrecklich schallt
Ein Schauer ahnungstrübe.

Die Uhren hatten ausgeschrie'n,
Da öffnen sich die Thore;
Viel Ritter, Knappen, Frauen ziehn,
Es kommt die Braut im Flore.

Doch ach, vom Busen blüthenweiss,
Aus tiefsten Herzenstiefen,
Sprang wild ein Blutquell roth und heiss
Mit Quellen und mit Triefen.

Mich traf ihr Todesblick und Gruss,
Ich hielt sie in den Armen,
Und trank von ihrem Mund den Kuss,
Den letzten liebeswarmen.

*Da stockt' der Quell, — da ward es Nacht,
Die Uhren still verglommen;
Aus meinen Armen ward mit Macht
Die rothe Braut genommen.*

DER HEXENRITT.

Als ich ein Knäbchen tugendsam
Zur Wiege lag, da küsst
Mich einst die wunderschöne Amm'
Mit seltsamem Gelüst'.

Und heimlich dann zur Frühlingsnacht,
Wenn still Geräusch und Laut,
Da salbt sie mir die Wänglein sacht,
Und sich die blanke Haut.

Da zuckt's ihr in den Gliedern leicht,
Ihr Leib in Sucht verzehrt:
Die Röcke rauschen, — sieh, da schleicht
Vom Herd ein Knorz als Pferd,

Sie birgt mich an des Busens Seit',
Und hui! zum Fenster 'naus,
Klirrt auch das Glas, und schlitzt das Kleid,
Fort geht's durch Nacht und Braus.

Es blinkt und flirrt im Mondenglanz,
Sie blickt so geisterbleich,
Es fleucht und irrt wie Mummenschanz,
Sie bebet kalt und bleich;

Sie wiegt sich auf dem knorren Reis
Begehrlich, stöhnt und lallt,
Ich fühle wie der Busen heiss
Ihr woget, stürmt und prallt.

Und flugs ging's fort im scharfen Zug
Zum schwarzen Harz hinein, —
Da brausten schon zur Wett' im Flug
Der Hexen wilde Reih'n.

Von Hinten, Vorne, Süd und Nord
Kam's wirr hereingeschneit,
Sass hinterrücks und kreuzweiss dort
Auf Besen, Stock und Scheit,

Und kamen durch den Wald gerannt,
Es splitterten die Aest', —
Und ritsch! da sassen sie gebannt
Am hellen Kreuzweg fest.

Es kamen die des Schwarzen Walds,
Vom Spessart, von der Röhn,
Aus Franken, Schwaben, aus der Pfalz,
Und von den Fichtelhöh'n.

Sie grüssten sich uud nickten sich,
Und plauschten sich's in's Ohr;
Sie strichen sich und wischten sich
Den luft'gen Hexenflor.

Spät kamen die vom Nieder-Land,
Frisch aus den Betten 'raus,
Hier fehlt der Strumpf, und dort das Band'
Im Hemd und leichten Flaus.

Sie klatschen Tücken fein und schlau
Vom Hause, vom Gesind',
Vom Nachbar, von der schwangern Frau,
Von Gut und Ehr' und Kind.

Das wispert, rappert, lacht und grillt,
Die Einen sind verliebt; —
Das zischelt, hüstelt, schwatzt und schilt,
Die Andern sind betrübt.

Ha hei! jetzt hüpfen sie zum Tanz
Nach Takt und im Geleis,
Wie flattern da im Mondenglanz
Die Linnenhüllen weiss.

Es knixt der Leib so ehrbarlich,
Die Sanften zieren sich;
Es schlappt den Schuh so liederlich,
Die Wilden bäumen sich.

Die Zunge schnalzt, es wiegt der Kopf,
Die Alten schnarchen drein;
Die Haube rutscht, es fliegt der Zopf,
Die Jungen kichern fein.

Dort holpern Dürre steif und sacht,
Zu lang ist Rock und Schurz;
Da brüstet, tummelt sich's und lacht
Die Hübschen sind zu kurz.

Es summt und brummt in lauer Luft
Das junge Käferheer,
Sie funkeln durch den Waldesduft,
Der Mond, der hängt so schwer;

Und rauschet auf die Tänzerschaar
Wie Dampf und Silberschein;
Wie glänzt ihr Arm so leichenklar,
Wie blinkt so weiss das Bein.

Jetzt hebet an der Hexenchor,
Die Tiefen brummen an,
Die wüsten Kehlen schnarren vor,
Die Feinen folgen dann:

„Hujeh! vivat der Pferdefuss,
Gelobt das Hexenweib!
Die Seel' gehört den Höllenruss,
Dem Teufel g'hört der Leib!

Steh bei Satan! — Bekreuzet Euch! —
Gib Kraft der Hexenhand
Erhör' Mephist'! — Verbeuget Euch! —
Auf Menschen Stadt und Land.

Gib uns das Feld, die Saat, die Kuh,
Stark sei des Fluches Kraft;
Gib uns die Schätze in der Truh',
Gut sei der Zaubersaft.

Verflucht sei ER — pfui, spucket drauf! —
Der dort das Scepter führt!
Verdammt die DREI, — haut hinten 'nauf! —
Im Himmel die regiert!"

Da heult und kreischt der ganze Hauf,
Und springt und stampft und girrt;
Im Walde wiehern Teufel auf,
Die Hölle jubilirt.

Da sinkt der Mond! — Und kaum geschaut
Sass Jed' am Ross im Saus,
Und feget wie die Windesbraut
Nach Ost und West hinaus,

Die Bäume durch, der Wipfel kracht,
Es schlitzt das junge Laub,
Und stürmten durch die volle Nacht
Wie Geier auf dem Raub. —

Jetzt theilet sich und scheidet sich
Das Hexenflatterheer;
Sie nicken sich und wünschen sich
Viel Segen, Glück und mehr.

Die Einen wenden sich zum Rhein,
Die Anderen zur Saal,
In's Dorf senkt diese sich hinein,
Und jene fleucht in's Thal.

Schon dämmert breit gen Süden aus
Das weite Bayernland;
Die Amme sputet sich nach Haus,
Im Osten graut der Rand.

Sie hält mich gut, sie hält mich fein,
Hinab geht's jäh und flink,
„O weine nicht, schon glänzt der Schein
Vom Thurmkreuz hell und blink!"

Scharf über Dächer geht's im Strich,
Jetzt schlägt's vom Thurme „Ein!"
Da birgt sie mich und beugt sie sich,
Und hui! zum Fenster 'nein.

*Und Alles ordnet säuberlich
Sich eilig, ruhig und sacht,
Es duckt der Klotz zum Herde sich,
Und bst! — dann still und Nacht.*

BALLADEN
UND
ROMANZEN.

DER FIRMLING.

„Komm' Gustav, reib die Augen aus,
Am Himmel steht die Sonne,
Dein Firmeltag ist, schau hinaus,
Der Tag der heil'gen Wonne!"

„„Ach Mutter, mir ist Angst und Bang,
Ich hab' so schwer geschlafen;
Der Traum, er war so schwer und lang,
Es wird mich heut' noch strafen." "

Und Bim! und Bam! vom Thurme her,
Da zieht's am Glockenstrange,
Und Bam und Bum! die Glocke schwer,
Sie ruft mit hellem Klange.

„Ei Gustav, frisch zum Bett heraus,
Die Frühlingsblüthen schimmern;
Es ist schon auf das ganze Haus,
Die Palmenkätzchen flimmern!"

„„Ach Mutter, mir ist Angst und Bang,
Ich darf und kann nicht beten,
Mich lässt nicht des Gewissens Drang
Zu Gottes Tisch hintreten.""

Und Ging! und Gang! vom Thurme her
Tönt's lauter jetzt und dringend,
Und Gang! und Gong! die Glocke schwer,
Den Eisenschlägel schwingend.

„Süss' Gustav, jetzt ist's höchste Zeit,
Und reiss' Dich aus dem Schlummer,
Gott wendet Dir Dein Herzeleid;
Mein Sohn, Du machst mir Kummer!"

„„Ach Mutter, mir ist Angst und Bang,
Erdrückt werd' ich von Sünden,
Mir fährt in's Herz der Glocke Klang,
Kann keine Gnade finden.""

Und Bing! und Bäng! vom Thurme her
Schreckt's heiser jetzt und bellend,
Und Bäng! und Bung! die Glocke schwer,
Sie drohet schrill und gellend.

Da eilt die Mutter selbst herbei
Mit sorgenvollem Grusse
Und kleid't ihr zartes Söhnchen neu
Vom Kopf an bis zum Fusse.

Der Vater kommt, und ärgerlich:
„Dass ich noch warten werde!
Frisch auf mein Sohn und rüste Dich,
Kaum halten noch die Pferde."

Schnell noch das Buch, den Blüthenstrauss,
Die Goldfrucht d'ran zu riechen,
Es klappt der Schlag, — ein Ruck, — hinaus,
Huida! die Pferde fliegen.

„„Ach Mutter, mir ist Angst und Bang,
Ich kann es nicht ertragen,
Es stürmt in mir der Sünde Drang,
Ich weiss, ich werd' verzagen."."

„Mein Sohn, Gott ist ja überreich,
Er schützt und stärkt die Frommen,
Und Christus sprach ja: Lasset gleich
Die Kleinen zu mir kommen."

Der Wagen hält, es steiget aus
Der blonde, schöne Knabe,
Es flunkert hell im Gotteshaus,
Ihm banget wie vor'm Grabe.

Er schleichet durch die schwarzen Reih'n,
Da flüstert man sich leise,
Im weissen Kleid die Mädchen fein,
Die Knaben steh'n im Kreise

Sein Plätzchen ist noch frei allein,
Er kniet und duckt sich bebend;
Der Hochaltar erglänzt im Schein
Der Marmorsäulen strebend.

Da steigen Englein auf und ab,
Sie deuten und sie staunen;
Das flirrt hinauf und wogt herab,
Sie blasen in Posaunen.

Erzengel strahlend, schildbewehrt
Auf hohen Wolken sitzen,
Sie führ'n das goldne Flammenschwert,
Sie droh'n herab und blitzen.

Und hoch der liebe Gott, er schaut
Auf seine Kinder nieder,
Da rauscht's und klingt's wie süsser Laut,
Wie sel'ge Himmelslieder.

Der Gustav hört's, er kniet so dicht
In Gottes heil'ger Nähe;
Sein Athem lauscht: Wer ruft, wer spricht? —
Ihm wird es Angst und Wehe,

Am Chor da drängt ein Pathenhauf',
Geheimnisse sie haben,
Sie blicken all' und deuten auf
Den blonden, schönen Knaben.

Es rutscht und rückt ohn' Unterlass,
Sie hecheln wie die Raben,
Und jede weiss im Herzen 'was
Vom blonden, schönen Knaben.

DER FIRMLING.

„Komm' Gustav, reib die Augen aus,
Am Himmel steht die Sonne,
Dein Firmeltag ist, schau hinaus,
Der Tag der heil'gen Wonne!"

„„„Ach Mutter, mir ist Angst und Bang,
Ich hab' so schwer geschlafen;
Der Traum, er war so schwer und lang,
Es wird mich heut' noch strafen." "

Und Bim! und Bam! vom Thurme her,
Da zieht's am Glockenstrange,
Und Bam und Bum! die Glocke schwer,
Sie ruft mit hellem Klange.

„*Ei Gustav, frisch zum B*
Die Frühlingsblüthen schimm
Es ist schon auf das ganze
Die Palmenkätzchen flimmern

„„*Ach Mutter, mir ist Angst*
Ich darf und kann nicht bete
Mich lässt nicht des Gewissen
Zu Gottes Tisch hintreten.""

Und Ging! und Gang! vom
Tönt's lauter jetzt und dringend
Und Gang! und Gong! die Glo
Den Eisenschlägel schwingend.

„*Süss' Gustav, jetzt ist's höchste*
Und reiss' Dich aus dem Schlum
Gott wendet Dir Dein Herzeleid;
Mein Sohn, Du machst mir Kum

„„*Ach Mutter, mir ist Angst und*
Erdrückt werd' ich von Sünden,
Mir fährt in's Herz der Glocke K
Kann keine Gnade finden.""

Und Bing! und Bäng! vom Thurme her
Schreckt's heiser jetzt und bellend,
Und Bäng! und Bung! die Glocke schwer,
Sie drohet schrill und gellend.

Da eilt die Mutter selbst herbei
Mit sorgenvollem Grusse
Und kleid't ihr zartes Söhnchen neu
Vom Kopf an bis zum Fusse.

Der Vater kommt, und ärgerlich:
„Dass ich noch warten werde!
Frisch auf mein Sohn und rüste Dich,
Kaum halten noch die Pferde."

Schnell noch das Buch, den Blüthenstrauss,
Die Goldfrucht d'ran zu riechen,
Es klappt der Schlag, — ein Ruck, — hinaus,
Huida! die Pferde fliegen.

„„Ach Mutter, mir ist Angst und Bang,
Ich kann es nicht ertragen,
Es stürmt in mir der Sünde Drang,
Ich weiss, ich werd' verzagen.""

„Mein Sohn, Gott ist ja ü[
Er schützt und stärkt die F
Und Christus sprach ja: L(
Die Kleinen zu mir kommer

Der Wagen hält, es steiget
Der blonde, schöne Knabe,
Es flunkert hell im Gottesha
Ihm banget wie vor'm Gral

Er schleichet durch die schu
Da flüstert man sich leise,
Im weissen Kleid die Mädc,
Die Knaben steh'n im Kreis

Sein Plätzchen ist noch frei
Er kniet und duckt sich bel
Der Hochaltar erglänzt im
Der Marmorsäulen strebend.

Da steigen Englein auf und
Sie deuten und sie staunen;
Das flirrt hinauf und wogt
Sie blasen in Posaunen.

Erzengel strahlend, schildbewehrt
Auf hohen Wolken sitzen,
Sie führ'n das goldne Flammenschwert,
Sie droh'n herab und blitzen.

Und hoch der liebe Gott, er schaut
Auf seine Kinder nieder,
Da rauscht's und klingt's wie süsser Laut,
Wie sel'ge Himmelslieder.

Der Gustav hört's, er kniet so dicht
In Gottes heil'ger Nähe;
Sein Athem lauscht: Wer ruft, wer spricht? —
Ihm wird es Angst und Wehe,

Am Chor da drängt ein Pathenhauf',
Geheimnisse sie haben,
Sie blicken all' und deuten auf
Den blonden, schönen Knaben.

Es rutscht und rückt ohn' Unterlass,
Sie hecheln wie die Raben,
Und jede weiss im Herzen 'was
Vom blonden, schönen Knaben.

Das Amt beginnt, die Menge schweigt,
Ornate strahl'n gebauschet,
Es blinkt der Kelch, die Hostie steigt,
Und alles kniet und lauschet.

Da löst sich aus der Orgel drinn'
Ein Stimmchen fein mit Winden:
„Tim tim, mein Kind, was willst herin,
Erstickt Dein Sinn in Sünden!"

Und aus den Bässen schnarrt's im Nu,
Rumoret dumpf mit Fluchen:
„Rum brum, gib Ruh', Du Bub', und thu',
Von Sünden Busse suchen!"

Der Gustav hört's, die Angst sich regt,
Es klingt wie Hohn und keifend; —
Die Menge ist so sanft bewegt,
Der Pfarrer spricht ergreifend.

Mach's kurz, o Pfarrer, mach ein End',
Dein Firmling der erbleichte!
Der Pfarrer macht noch lang kein End',
Er fühlt sich heut so leichte.

Da rauscht's aus den Posaunen schwer,
Der Englein Backen blähen:
„Träh räh, Du Wicht, was kniest Du her
So dicht in Gottes Nähen!"

Der Gustav schluchzt und weinet leis,
Das Herz möcht ihm zerspringen; —
Die Knaben rings und Mädchen weiss,
Die blicken fromm und singen.

Und auch der liebe Gott spricht reich,
So reich an Huld und Gaben,
„Es sind in meinem Himmelreich
Viel blonde, schöne Knaben."

Dem Gustav flimmert's vor dem Blick,
Er schwindelt jäh' und grässlich; —
Die Menge schwelgt im höchsten Glück,
Der Text ist unermesslich.

Hör' auf o Pfarrer, mach' den Schluss,
Sonst stürzt der Knab' am Orte!
Der Pfarrer ist im besten Schuss,
Heut' fluthen so die Worte.

Und ach da Gustav stürzt mit Schrei,
Der blonde, schöne Knabe,
Im Firmelkleide funkelneu,
Im Sterbekleid zum Grabe.

Die Mutter eilt in Hast und Noth
Zum blonden, schönen Knaben;
Es ist zu spät, er ist schon todt,
Ihr könnt ihn gleich begraben.

Die Menge schrickt und schluchzet weich,
Sie wollen ihn noch laben.
O lasst, schon ruft's zum Himmelreich
Den blonden, schönen Knaben.

DAS KÖNIGSKIND.

Es war einmal ein Königskind
Noch heller als der Tag,
Noch schöner als die Sonne lind,
Nur Eines ihm gebrach:

Der Tochter rosenrother Mund,
Der Wangen weisse Pracht,
War stillbetrübt zu jeder Stund',
Und hatte nie gelacht.

Da sprach der König, und bedingt:
„Mich freut nicht mehr mein Thron,
Wer mir mein Kind zum Lachen bringt
Nehm' sie und meine Kron'."

An Hofnarrn müht sich ein(e)
Manch Unhold ward gebra(cht)
Doch Scherz und Schwank
Das Königskind nie lacht.

Da kam ein Ritter arm un(d)
Aus fernem Lande her,
Wollt' singen vor dem Köni(g)
Er wusst' nichts von der M(...)

Und als der Sänger zitternd
Die Thrän' ihm 'runter rin(nt)
Der Tochter kam des Lach(en)
Da lacht das Königskind.

Das Königskind war wunde(r)
Hatt' Thränen nie geseh'n;
War heller als der Tagesso(nne)
Und wie die Sonne schön.

HEXENAMMENLIED.

Komm' schlaf mein süsses Kind,
Da draussen saust der Wind;
Ich lulle Dir Dein Köpfchen ein
Mit lusf'gen Hexenmelodein,
Und wenn Du dann erwachst,
Dann weisst Du sie und lachst.

Komm' lieg' an meiner Brust
Und trink' nach Herzenslust;
Dann wirst ein zartes Jüngferlein,
Dann wirst ein feines Hexchen sein,
Und reitest einst zur Nacht
Mit zur Walpurgispracht.

Komm' summe leis mein Lied,
Es klingt so sanft, so müd',
Wer's kann, der hat die Herzelein
Von allen schönen Junkerlein,
Und wer vergisst den Reim,
Der bleibt vom Ritt daheim.

Komm' streichle mich mein Kind,
Mach' Alles nach geschwind;
Willst Du ein flinkes Hexchen sein,
Dann muss geschwind Dein Händchen sein.
Sonst tauget nichts die Kraft,
Und nichts der Zaubersaft.

Komm' küsse mich recht gut,
Die Lipp' hält Hexenblut;
Willst lernen Zaubersprüchelein
Musst Du mich küssen oft und fein;
Gar viele sind's und lang,
Sonst wird's dem Hexchen bang.

Komm' reit' auf meinem Knie,
Hop hop, mein Kind und zieh';
Willst Du auf's Zauberrösselein
Musst Du 'ne g'schickte Reit'rin sein,

Sonst stürzt das Hexchen, weh! —
Aus heller Maienhöh'.

Komm' schlaf' jetzt ein mein Kind,
Ich muss noch fort geschwind;
Wenn's Dir im süssen Bettchen träumt,
Fahr' ich am Besen wildgezäumt
Mit meinen Schwestern all'
Zum grossen Hexenball.

Da kommen Cavalier'
Mit Knixen und Stolzier';
Da wird lustirt, gescherzt, gelacht,
Herumgefegt die ganze Nacht;
Eh' Mitternacht vorbei'
Komm' ich zum Hahnenschrei.

Lu lu, mein Kindchen ruh',
Die Aeuglein fallen zu;
Es guckt der Mond zum Fenster 'rein
Und wacht bei meinem Kindelein;
Komm' ich zurück vom Ritt'
Dann bring' ich Dir 'was mit.

DIE NIX.

Am Flusse tummelt sich's und lacht
Bei Fest und Geigenspiel;
Und Burschen keck und Dirnen sacht
Erglühn im Tanzgewühl.

Da kommt ein Mädel weiters her,
Kein Mensch hatt' sie geseh'n.
Die Augen schwarz, die Lieder schwer,
So sanft und wunderschön.

Den Burschen ist's als wie im Traum, –
Der Tanz geht flott und leicht; —
Die Fremde steht allein am Baum
Und wischt die Augen feucht.

Da treibt das Mitleid Einen auf:
„Frisch Mädel, tanz' mit mir!"
Da schlägt die Dirn die Augen auf,
Da wogt der Busen ihr.

Da sinkt die allerschönste Maid
Dem schönsten Bursch im Arm,
Die sind voll Lust und Fröhlichkeit,
Und halten sich so warm.

Und höher schwillt des Festes Rausch,
Man flüstert still mit List,
Gespötte schleichet und Geblausch:
Wer wohl die Dirne ist.

Dem Burschen wird die Frage leicht:
„Feins Kind, Dein Haar ist nass!"
Die Dirn' erschrickt, die Dirn' erbleicht;
Der Bursch kennt keinen Spass!

„Auch Deine süsse Hand ist feucht,
Dein Schürzchen tropft und trieft!"
Da wird das Mädel still und schweigt,
Und Thrän' auf Thrän' entschließt.

Da packt den Bursch die Liebesnoth,
„Feins Lieb, bist Du noch frei?"
Da glüht die Dirne und wird roth,
Der Lipp' entfährt der Schrei.

Das Paar, das tanzt schon ganz allein,
Sie wechseln Gruss und Kuss, —
Dem Wasser zu, es glänzt der Schein,
Und sinken in den Fluss.

Da läuft das ganze Volk hinaus:
Die that ihm wohl ein Leid? —
Er war der beste Bursch zu Haus,
Voll Freud' und Fröhlichkeit.

DIE DIRNE UND DER SCHWARZE JUNKER.

Die übermüth'ge Dirne,
Ihr Busen hebt sich schwer, —
Sie kennt den armen Burschen,
Den Liebsten nimmermehr.

Die übermüth'ge Dirne, —
Hoch hebt ihr Busen sich, —
Viel fremde Burschen tanzen
Mit ihr und streiten sich.

Die übermüth'ge Dirne, —
Ihr schöner Busen quillt, —
Die Burschen und Trompeten
Hab'n ihr den Kopf erfüllt.

Ihr Liebster fast verzweifelnd
Naht leis' sich flüsternd ihr:
Oh Liebste, thu nur heute
Nicht an die Schande mir!

„*So reit' ich mit dem Junker,*
Dem schwarzen, meiner Treu',
Weiss ich, wer hier der bleiche
Und arme Junge sei!"

Die übermüth'ge Dirne,
Sie ruft es überlaut;
Sie war schon mit den Burschen
Den fremden ganz vertraut.

Da kam hereingetänzelt
Der schwarze Junker werth,
Er hinkte nur ein wenig,
Und draussen scharrt sein Pferd.

Den Arm bot er der Schönen
Graziös, und wie der Wind,
Er hinkte zwar ein wenig, —
Doch tanzt er wild geschwind.

Dann spricht er ein'ge Worte
In's Ohr ihr stumm und leis,
Und hebt sie in den Sattel,
Die Dirn wird kreideweiss.

Der Junker und die Feine
Sie traben fort so leicht,
Die Gäste sind erschrocken,
Die Gäste sind erbleicht.

TAM O' SHANTER.
(Nach dem Schottischen.)

In der Gegend war er der bravste Mann,
That keinem Kinde was zu Leide;
Im Verkaufen kam ihm Keiner an,
Er handelt mit Schnaps und Getreide;
Doch sein Trinken! — wenn Tam o' Shanter
              trank,
Der Müller und Schmied zu Boden sank;
Sein Trinken war grässlich, — oh Shanter,
In ganz Schottland wie Du trank kein Andrer!

Sein Aug' war treu, blond war sein Haar,
Es hieng ihm stets in der Stirne;
Sein Weib ertrug er das ganze Jahr,
Voll Gespensterspuk steckt ihm sein Hirne;

Oft durchzuckt's ihn bei Tag wie Erinnrungstraum,
Dann reisst er sein Pferd aus dem Stall am Zaum;
"Bei der Kirch' hör' ich Schmähworte schallen,
Das lässt sich der Tam nicht gefallen!"

Der Tam sitzt auf seinem letzten Ross,
Die andern sind alle vertrunken;
Tam weiss, verloren ist Hof und Schloss,
Wär' am liebsten vom Gaule gesunken;
Doch der Tam ist noch muthig wie sein Pferd,
Das Pferd ist des Tam, er des Pferdes werth;
Zum Kirchhof muss er gallopiren,
Dort hört er's die letzte Nacht schwirren.

Tam reitet so wohlgemuth durch die Welt,
Er ist jetzt bei vollem Verstande;
Die Sonne leuchtet vom Himmelszelt,
Da gibt's Geister in keinem der Lande.

Am Kirchhof ist Alles ruhig und still,
Oh Tam, was Du dachtest, war nur eine
Grill! —
Doch im Kopf steckt's ihm unüberwindlich,
Und nagt an ihm nächtlich und stündlich.

Tam wird jetzt ruhig; — er lacht ganz laut:
Mit dem Tam mag's der Teufel nicht wagen;
Doch plötzlich es ihm durch die Seele graut,
Er fühlt ein wehmüthiges Zagen;
Er denkt an des Lebens gespenstigen Strauss,
Er denkt an sein Weib, an sein Kind zu
Haus,
Zur Mühle muss er sich setzen,
Um sich ein wen'ges zu letzen.

Der Müller war Tam's allerbester Freund,
Er handelt mit Mehl und mit Säcken;
Der Müller hiess John; er hatt' keinen Feind,
Und ohne Tam wollt' ihm nichts schmeken;
Sie hatten schon manches Geschäft gemacht,
Durchlästert, durchtrunken schon manche
Nacht:

John galt noch als dursf'ger denn Shanter,
Trotzdem so wie Tam trank kein Andrer.

Der Wein war gut, — Tam reitet nach Haus,
Ganz mäuschenstill ist er geworden;
Doch Himmel! jetzt tönt's aus dem Kirchhof heraus,
Ihn verfolgen die Teufel in Horden;
Tam's Auge glast, es verlässt ihn der Muth,
Das gepeitschte, blutende Pferd läuft gut
Durch die Nacht, und stürzt todt auf die Schwelle,
Doch gerettet war Tam durch die Schnelle.

Tam schläft nun süss und ohne Noth,
Jetzt darf ihn Nichts mehr chicaniren:
Ihm träumt, er ging mit dem lieben Gott
Und mit John im Himmel spazieren. —
Doch am andern Tag ist er still und stumm,
Und murmelnd geht er wie träumend herum:
„Einen Haken noch hat die Geschichte,
Will zu John schnell, dass ich's ihm berichte!"

HERR HEYMON.

Herr Heymon kam auf seinem Pferd
Vom Heidenland geritten,
Er hatte sieben volle Jahr'
Sich heiss herumgestritten.

Frau Aya, seine liebe Frau,
Entgegen kam gegangen
Mit dem ganzen Hof, ein weisses Kleid
Trug sie mit goldnen Spangen.

Herr Heymon sprach: Mein armer Leib
Ist ganz bedeckt mit Wunden,
Die schmerzen; bei Jerusalem
Hab' ich die meisten gefunden.

*Die Schlacht war heiss; mein armer Leib
Hat fürchterlich gestritten,
Doch nie hat, Gott sei Dank, mein Herz
Das G'ringste nur gelitten.*

*Ich bring auch manches Kleinod mit,
Des Heilands Dornenkrone,
Aus seinem Kreuz die Nägel all,
Die warden mir zum Lohne. —*

*Frau Aya hörte lange zu,
Sie hat kein Wort gesprochen,
Doch endlich sind aus ihrem Aug'
Die Thränen vorgebrochen.*

*Ach Gott! — schluchzt sie, — mein junger Leib
Ist wohl gesund geblieben,
Doch ach, mein Herz ward heimgesucht
Von Wunden schmerzlichtrüben.*

*Von tausend Dornen und Nägeln ward
Mein armes Herz zerrissen,*

Die Ritter, die zurück Du liesst
Heilten's mit ihren Küssen. —

Zugegen war der ganze Hof;
Herr Heymon sass beklommen
Auf seinem Pferd ganz regungslos
Bis auch ihm die Thränen gekommen.

MÄNNER UND FRAUEN,
ein Sonettenkranz.

I.

Es sind die Männer so genaue Leute,
So sinnesscharf, und schreiben schwarz auf
weiss
Sich Alles auf, was nur ein Andrer weiss;
Nach Haus zu tragen es als gute Beute.

Ein ganz bestimmtes Morgen oder Heute,
Ja oder Nein, 'ne Zahl, kalt oder heiss;
Und des Gehirns Schublädchen hübsch und leis
Heraus zu ziehen, das ist ihre Freude.

Die Frau lässt das Unnöth'ge gerne bleiben,
Und hasst bestimmte Fragen, allzuklare,
Und nur in ihrem Auge darfst Du lesen;

Die weissen Griffel ihrer Hände schreiben
Auf Deine Wangen Räthsel wunderbare,
Und eine einz'ge Thräne kann sie lösen.

II.

Wenn Männer Dich mit Augen und mit Nüstern
Beäugeln und anwittern mit Behagen,
Beim ersten Wort nach Deinem Pass schon fragen,
Am liebsten gleich Dein Blut beröchen lüstern;

Wenn nach geschrieb'ner kritischer Methode
Sie Dich seciren, prüfen und belecken,
Entsetzt die Arme dann zum Himmel strecken,
Und Dich verurtheil'n — denkgerecht — zum Tode;

Lass sie, — und frage noch zuvor die Frauen,
Sie haben unbegreiflich tiefe Kunde,
Geh, wirf Dich hin zu ihren weissen Füssen;

Ihr blaues Aug wird bis in's Herz Dir schauen,
Und wär unheilbar, giftig Deine Wunde,
Sie können wunderbar den Tod versüssen.

III.

Du gehst zu Schul- und Hörsaal unermüdlich,
Und in die Kirche, wo die Kerzen flimmern,
Du siehst auf Vieler Brust die Orden schimmern,
Und sinnst, und trachtest lang und unbefriedlich;

Du liegst im Wirthshaus, spielst um Geld-
gewinne,
Und hörst von manchem seltsamen Mirakel,
Und siehst ergötzlich manches Spectakel,
Und lachst und fluchst, betäubend Deine Sinne.

Du Thor! — plötzlich erwachst Du aus
dem Schwarme,
Und eine weisse Hand liegt in der Deinen;
Du möchst's erkennen, überdenken reiflich, —

Umsonst! — an Deinem Halse ringen Arme,
Die flehen still, und Küsse hörst Du weinen,
Und höchstens lallst Du dann noch: Un-
begreiflich!

IV.

Was man im Salon spricht, all' die Blicke,
Witz'gen Fragen, geistreich und verliebte,
Sind gedacht nicht, sind nur eingeübte,
Sorgfältig studirte Puppenstücke.

Auch das Schmachten und das helle Lachen,
Freilich schwier'ger schon, und das Umarmen
Kommt nicht aus empfindendem Erwarmen,
Es sind theuer eingelernte Sachen.

Geh zu ihr, umklamm're ihre Füsse,
Und wirf spottend weg Dein übrig Leben,
Dann liegst Du in zärtlichem Umpressen.

Doch entsetzlich: all' die Liebesgrüsse
Scheinen mir dann unbewusst gegeben,
Und am nächsten Tag ist all's vergessen.

V.

Wer ewig brütet, hinter Büchern sitzet,
Des Lebens Kern und Weisheit zu erjagen,
Den Zauberspruch im Urtext aufzuschlagen,
Und meint, er hat's, wenn er nur schafft und schwitzet,

Ist auf dem Irrweg. Machtlos all sein Ringen;
Ihm zeigen wohl die mächtigen Folianten,
Dass sie's gesucht, doch, dass sie es nicht fanden;
Und was sie lehren ist nur das Misslingen.

Geh zu den weissen, lachend-blonden Büchern;
Von ihrem Busen musst Du Weisheit nehmen,
Aus ihren Lippen lass Dir prophezeien.

Dort steckt's verborgen unter farb'gen Tüchern,
Doch darfst Du Deiner Wunden Dich nicht schämen.
Und Qual, und Aergerniss, und Tod nicht scheuen!

VI.

Wer einst im Himmel war, und ausgestossen
Zur Erde kam, kann fernerhin unmöglich
Sein Herz erfreu'n; und leiden muss unsäglich
Ein solcher Mensch; ihn lassen kalt die Rosen.

Wer gar im Fegefeuer einst gesessen,
Muss lachen unsrer Hitze, Sonnenstiche;
Und spotten wird der menschlich-schwarzen
Schliche,
Wem es gelang die Hölle zu durchmessen.

.

Und schweigen wird, wenn jene Tugendringer
Auf der Entsagung Gipfel brüstend schreiten,
Wer Frau'n gebeugt die Kniee je, die müden:

Sie legen in Dein Herz die kleinen Finger,
Dein bitt'res Blut wird süss — wie Liljenblüthen
Wird die Rosinenfarbe Deiner Leiden.

VII.

*Die Frauen sind das schönste der Geschlechte,
So sanft, so fromm, so gut, — selbst ihre
Tücken,
Sind wie verschleirt-unschuldig, zum Entzücken,
Für sie gäb' ich mein Heil und meine Rechte!*

*Für sie gäb ich vor allem jene Güter,
Die Wache halten an der Menschheit Pforte,
Selbstschätzung, Würde, Tugend, — prächt'ge
Worte,
Charakter, Bildung, — gallonirte Hüter.*

*Und doch, — hatt' ich mich endlich losgerungen
Vom Männertross, — und liess die Fesseln
fallen,
Und legt' den Arm um weiche Mädchenhüften.*

Und fühlt' den Hauch, die Arme weiss-
umschlungen,
Und dieser Küsse Angst, — das Todes-
lallen,
So meint' ich oft, sie wollen mich vergiften.

VIII.

Es öffnet sich die weisse Wunderblüthe
Voll zarten Duftes nicht Uneingeweihten,
Nur der Brahmine darf ins Heil'ge schreiten,
Sie öffnet sich aus Mitleid und aus Güte;

Nicht dem, der stolz und prahlerisch ergötzlich,
Sie hört auf Lachen nicht, sie hört auf Klagen,
Was in ihr vorgeht weiss kein Mensch zu
sagen, —
Sie öffnet sich oft wild, und oft urplötzlich.

Doch was mich quält: weiss sie, dass ihre
Wangen
So todesbleich; kennt sie die Qual und Wehen,
Die sie entfacht, selbst unerhört bei Teufeln,

Kennt sie das unerbittliche Verlangen,
Hat sie jemals in's eig'ne Herz gesehen?
Die Fragen bringen mich oft zum Verzweifeln.

IX.

*Was von Frauen Bittres wird ertragen
Ist verloren nicht, es schreiben Engel
Auf die Thränen und der Liebe Mängel;
Einst im Himmel reden Deine Klagen.*

*Stärker als die vielen guten Werke,
Bussgesänge und zahllose Messen
Macht die Liebe Deine Schuld vergessen:
Liebeselend ist dann Deine Stärke.*

*Liebesqual ist, was am tiefsten naget,
Unerhört, — wie Nattern, — kaum vergleichbar,
Selbst der Schächer darf vom Kreuz nicht sprechen,*

*Unerhört, — denn, was Dein Glück verjaget,
Kommt von Lippen süss und unerreichbar;
Und Du kannst Dein armes Herz nicht rächen.*

X.

*Als einst Achill von Wuth und Schmerz zer-
rissen
An's Meer sich setzte, laut aufschluchzend
klagte,
Und über's Meer hinrief, die Wellen fragte,
Thetis, die schöne Frau, kam sanftbeflissen.*

*„Die Mutter doch!" — Ja ja, die Mutter,
— gut!
Es war ein Weib, — in lichten, blonden
Haaren,
Der Thränen fähig, und im Schmerz erfahren,
Das stimmt' ihn mild, das zähmte seine
Wuth.*

*Als ich am Meere sass, die Seel' verglommen,
Und in die Wellen weinte, dumpf und
schwindlig,
Da sind viel Mädchen mövengleich gekommen,*

*Mit schwarzen Sehnsuchtsaugen unergründlich,
Sie sprachen viel von heimlich-fremden
Dingen,
Es war, als wenn die Nachtigallen singen.*

XI.

Es kommen oft vom Klagen angezogen,
Spät in mein Zimmer viele schöne Frauen
Mit stillen, blassen Wangen, Augen blauen,
Sie sitzen bleich auf Stühlen, lichtumwogen;

Und keine spricht ein Wort, ein ängstlich
    Schweigen,
Es sind wohl hocharistokrat'sche Damen,
Vielleicht aus England, Frankreich leid'nde
    Namen;
Was fehlt Euch weisse, stummergeb'ne Leichen?

Da ringen sie die Arme, schluchzen, klagen,
Erstickten Wort's von Täuschung, Liebsver-
    säumniss,
Und heisses Blut dringt durch der Kleider
    Falten;

Ich weiss nicht, was die armen Lippen
    fragen,
Das ganze Zimmer weinende Gestalten, —
Es ist ein blutend-weissgeschürzt' Geheimniss!

XII.

Wenn oft schwarz-unheimliche Gedanken
Tagelang sich quälend in Dir regen,
Und bei Nacht mit Dir zu Bette legen,
Spricht man wohl von Stimmung, Schicksals-
schwanken

Diess ist Täuschung! — mit unschuld'gen
Wangen
Streut' ein Mädchen im Vorübergleiten
Liebesgram in's Herz Dir, Sehnsuchtsleiden;
Und nun sind die Schmerzen aufgegangen.

Dieses feine, weisse, zarte Mädchen
Sitzt oft weit entfernt in einem Stübchen,
Denkt an nichts, vielleicht denkt sie an Tauben,

Hat ein Strickzeug, in den Wangen Grüb-
chen,
Lacht und scherzt und dreht ihr schurrend
Rädchen, —
Dass das so ist, ist oft nicht zum glauben.

XIII.

*Wenn ich bei Nacht und Nebel schlafbefangen
Das Bett verlassend durch die Strassen eile,
In finstern Gängen schleichend, lauschend
  weile,
Bis ich's erreicht mein dunkeles Verlangen,*

*So thu' ich's zitternd oft, mit Widerstreben:
Vielleicht hat mir's ein stiller Traum befohlen;
Und wenn ich scheu Euch meide wie ver-
  stohlen,
So mögt Ihr spotten, lachen oder beben:*

*Ich weiss nur zu genau, was mich beweget,
Mich lässt die Unruh' nicht; ich muss an-
  schauen
Ein leichenblasses Bild der schönsten Frauen.*

*Muss wissen, welcher Traum in ihr sich reget,
Ob sie mein Brief und meine Seufzer trafen,
Dann kann ich erst nach Haus und ruhig
  schlafen.*

XIV.

Viel schmutz'ge Wasser hab' ich trinken
müssen,
Und klebrigt-kalte Hände oft gefühlet,
Und manchen Stachel, der im Herzen
wühlet,
Und ward geküsst mit giftig-falschen Küssen;

Manch gelbes Antlitz hat mich angewidert,
Gequält oft von moral'schen Fragen, glatten,
In schwarzen Fräcken und weissen Cravatten, —
Ich hab's ertragen und kein Wort erwidert;

Ich ging den ganzen Tag herum verdrossen,
Und kam zu ihr, — ein Stern hat mich
geleitet,
Erstaunt sah sie mein ganz verändert Wesen;

Gertrude hat den Schrank schnell aufgeschlossen,
Und einen Schleier über mich gebreitet,
Und mir aus ihrem Herzen vorgelesen.

XV.

Die Leute, die mit Backen, rothgesunden,
Sich lachend anseh'n, jene frohen Massen
Mit Pfeif', Spazierstock schlendernd durch
    die Gassen,
Sie haben einst die Liebe nicht gefunden;

Die gähnend glücklich ohne jed' Zerwürfniss,
Auf Lippen Honig, und den Mund voll
    Lachen,
Vergnüglich ihres Lebens Flämmchen fachen
Sie hatten für die Seele kein Bedürfniss.

Es war ein junger Mensch, verstörten Blickes,
Und bleich, entstellt, verlor'nen Lebensglückes,
Der dumpf verzweifelt an des Räthsels Lösung,

Der hat zuerst ein Mädchenherz gefunden,
Und ward geküsst, — was sie dabei em-
    pfunden,
Das weiss man nicht, — sie dacht nur an
    Erlösung.

XVI.

Der einst zuerst die Liebe hat gefunden,
War an der Weisheit Ende; hingegeben
Hätt' er als unnütz lachend gern sein Leben;
Er blutete vielleicht aus tausend Wunden;

War im Begriff vielleicht, um sich zu retten,
'Was Unerhörtes zu begeh'n, mit Händen,
Von Blut befleckt, das Heiligste zu schänden,
Um nur zu brechen seiner Seele Ketten.

Vielleicht war er ein sanfter Mensch, bescheiden,
Mit langgehegten tiefen, stillen Leiden,
Der weinend sass im Stillen manche Stunden.

Dass er die Liebe endlich noch gefunden,
Das war ein Glück, — war'n Augen für
                den Blinden,
Und nichts, kein Bild, kann diess mehr
                nachempfinden.

XVII.

Die Küsse all' von Lippen und von Wangen,
Die ich getrunken, waren nicht genossen
Aus Uebermuth, nicht freventlich vergossen,
Sie waren eines Sterbenden Verlangen.

Man zögert nicht das Beste ihm zu geben,
Der Priester kommt mit Weihrauch und mit
         Klingeln,
Und Blumen, Thränen, Grüsse ihn umzingeln,
Man gibt dem Tod das Beste noch vom Leben;

Das Mittel war zu stark! die weissen Hände,
Die mich gepflegt, die zitterten Erbarmen
In weisser Gluth, — ich werd es nie vergessen;

Vor ihrem sanften Hauch wich mein Elende,
Kein Wunder, dass das Leben wuchs mir Armen:
Die Augen blau, die Küsse ungemessen!

XVIII.

Wenn in dem Kahn, der auf dem Wasser
schaukelt,
Ein Mädchen sitzt, vom Vollmond weiss um-
flossen,
Und dieses Mädchen hält ein Knab' umschlossen
Mit seinem Arm, — und wenn der Zephyr
gaukelt;

Wenn Beide sich vor wilder Wonne drücken,
Und er verwegen, ihre Pulse schlagen,
Und sie sich zu den Sternen fühl'n getragen,
Spricht man von Liebe wohl, auch von Ent-
zücken.

O, das ist nicht die Liebe, — sie sind
Schmerzen,
Nicht in dem Kahne dort, in Deinem Her-
zen,
Die Küsse sind vielleicht längst schon ver-
flossen;

Sie ist ein Gift für sich allein genossen,
Die Dame kann in Spanien, Frankreich weilen,
Und Du wirst krank, — und Niemand wird Dich heilen.

XIX.

*Als Thetis einst, die arme Frau, lautklagend,
Doch lieblich schön, von Locken blond umschlossen,
Vor Zeus hinsank in Thränen ganz zerflossen,
Und ihre Hand sein Kinn berührte zagend,*

*Sass Zeus erst lange still; — in tiefem Grimme
Erwog er alle seine Götternöthen,
Und all' die Himmelsqualen, die ihn tödten, —
Dann sprach er plötzlich sänft'gend seine Stimme:*

*„O blonde Frau, o augenblaue Dame,
O weisse Händchen, kindliche Geberden,
Ihr wisst nicht, wie ich leid' in meinem Grame, —*

*Die Bitt' ist Euch zehntausendmal gewähret,
Doch eilt, dass keins der Himmlischen uns
   störet, —
Ach, wie unglücklich kann ein Gott doch
   werden!"*

XX.

*Voll Ekel ist die Welt! — Die Menschen blicken
So krank und bleich, und keiner hofft Genesung;
Und was sie denken ist schon Hirnverwesung,
Ein jeder trägt den Sarg schon auf dem Rücken;*

*Und Keiner merkt's, — sie springen und sie scherzen,
Sie merken nicht das arge, grosse Sterben,
Sie hassen, und sie lieben, küssen, werben,
Sie merken nicht die grossen Wahnsinnsschmerzen. —*

*Ich weiss ein Schloss mit duftenden Gemachen,
Drinn sitzen Mädchen, und die Mädchen lachen,
Die Hände waschen sie mit weissen Rosen,*

*Kommt Einer, den die Welt hat ausgestossen,
Sie öffnen ihm, — er wird wie neugeboren,
Das Schloss, das Schloss! — der Schlüssel ging verloren.*

XXI.

„Gleichwie ein weisses Kleid im Frühlings-
    prangen
Sich legt um eines Mädchens weisse Glieder,
Soll die Sonett' des Dichters Geist umfangen,
Er sei der Brüste Quell, sie sei das Mieder,

„Wie dieses Mädchen, wunderbar geschnüret,
Und allbestaunt durch den Salon kann rauschen,
So sollen der Sonette, die gezieret
Im Klingklang ihrer Verse, alle lauschen;

Kein wilder Reim, kein frecher Schmuck entehren
Soll dieses Kind, soll die Sonette stören;
Sie sei 'ne Rose ohne Dornen, Nesseln,

„Voll Duft..." — Gut, gut, ich hör', und
    nicht verzeihen
Wird man der Dirne hier, — ach, diese Fesseln
Ertrag' ich nicht, am liebsten möcht' ich schreien!

VERSCHIEDENES.

DAS SCHLOSS.

Die Blümlein, die am Wege stehn,
Die schau'n mich traurig an,
Und flüstern: Lass uns mit Dir gehn
Du bleicher, hast'ger Mann. —

Hab' keine Zeit, muss weit noch fort,
Muss hundert Stunden gehn,
Es lässt mir Ruh' an keinem Ort,
Bis ich das Schloss geseh'n.

Die Vöglein in den Zweigen grün,
Die werden stumm sogleich:
Wo willst Du müder Wandrer hin?
Du siehst so krank und bleich! —

Muss weit noch fort, mein Herz nicht ruht,
Bis ich das Schloss geseh'n,
Das Schloss, auf seinem Thurme thut
'Ne rothe Fahne weh'n.

Wisst ihr, ihr kleinen Vögelein
Vielleicht den Weg zum Schloss?
Die Zinne glänzt im Abendschein,
Hoch dehnt sich das Geschoss.

Frau Venus steht am Fenster dort
Im güldnen Rosenkleid,
Die lacht Dich an und spricht kein Wort,
Dann schwindet all Dein Leid.

Frau Venus hat ein Händchen klein
So sanft wie Milch und Blut,
Die legt sie auf die Wunden Dein,
Dann wird Dir wieder gut.

Ihr Vögelein, drum muss ich fort,
Muss hundert Stunden gehn,
Es lässt mir Ruh an keinem Ort,
Bis ich das Schloss gesehn.

DIE BLÜHENDEN MÄDCHEN.

Es blühen weisse Mädchen
Durchs ganze weite Land,
Sie blühen wie die Blumen,
Und sind nach Namen benannt.

Sie blüh'n in Köln und Mastricht,
Sie lachen hell in Wien,
Vielfarbig sind die Schürzchen,
Die Füsschen nixengrün.

Doch was so wildbeschwerlich,
So unermesslich gross,
Ist aus den grünen Armen
Sich reissen wieder los.

Und wieder sich gewöhnen
Im neuen, fremden Land
An die seltsam wilden Blumen,
An die Mädchen unbekannt.

VERFEHLT.

In Schweden spinnen die Mädchen
Am Rocken das ganze Jahr,
In Holland putzen die Mädchen
Am Samstag die Scheiben klar.

In Italien reichen die Mädchen
Dir eine Blume dar,
In Spanien tanzen die Mädchen
Und singen nach der Guitar'.

Doch spricht man an die Mädchen
Mit bittendem, deutschen Flehn,
Sie spinnen nicht mehr und putzen
Und können uns nicht verstehn.

DIE SONATE.

Kleine Engel sollen oftmals
Still um unser Herz sich schaaren,
In ihr Schürzchen weinen, um uns
Vor dem Bösen zu bewahren. —

Ueber mir spielt Henriette,
Spielt Sonaten ohne Ende;
Engel elfenbeinbeflügelt
Steigen zu mir durch die Wände.

Ach, sie schluchzen, — die Gedanken
Dieses Mädchens hör' ich klingen,
Wie mit weichen Mädchenfingern
Sie um meinen Hals sich schlingen.

DAS KLEINE WORT.

Wenn die kleinen Mädchen spinnen,
Rufen sie ein kleines Wort,
In die Hemdchen, in die Linnen
Weben sie das Zauberwort.

Und ein solches Hemdchen drückt Dich,
Und an Deinem Herzen nagt.
Und es quälet und umstrickt Dich
Was die Kleine hat gesagt.

DER TRÄUMER.

Im Walde ging ich ganz allein,
Und sah die blauen Blümelein;
Wisst ihr, ihr Blümlein hübsch und fein,
Wo mag wohl meine Liebste sein?
„Deine Liebste brach unsere Schwestern all',
Sie schmückt sich für den Hochzeitsball!"

Und weiter ging ich wie im Traum,
Und kam an eines Baches Saum;
Wisst ihr, ihr Fischlein auf dem Grund,
Ist meine Liebste noch gesund?
„Sie ist gesund, sie wusch sich heut'
Bei uns ihr weisses Hochzeitskleid!"

Und fort ging ich den Bach entlang,
Da sass die Nachtigall und sang;
Frau Nachtigall, o Vöglein schön,
Habt ihr die Liebste nicht geseh'n?

„Verehlicht ist Dein Liebchen traut,
Die Rosen folgten all' der Braut!"

Und weiter ging ich ganz allein,
Da sangen die Waldvögelein;
Wisst ihr, ihr kleinen Vögelein,
Wo mag jetzt meine Liebste sein?
„Deine Liebste war soeben hier,
Sie war mit einem Grenadier!"

SIE WISSEN'S NICHT.

*Es wohnt ein kleines Vögelein
Auf grünem Baum, im grünen Licht,
Dass es die schöne Nachtigall,
Das Vögelein, es weiss es nicht.*

*Es wohnt ein schneeweiss' Mägdelein
Im vierten Stock beim Himmelslicht,
Dass es das schönste Kind der Stadt,
Das schöne Kind, es weiss es nicht.*

*Sie wissens nicht, — und unten tief
Geht einer, dem das Herz zerbricht,
Zum Mädchen und zur Nachtigall
Schluchzt er hinauf, — sie wissen's nicht.*

GESUNDE LEUTE.

*Wenn die Mädchen gross geworden,
Wenn sie achtzehn, zwanzig Jahre,
Nähen sie sich weisse Kleider,
Myrtenkränze in die Haare.*

*Solch' ein Bräutchen sucht der Jüngling
Wenn noch schmeichelnd seine Locken,
Wenn noch muthig seine Wangen,
Und sein Herz pocht vor Frohlocken.*

*In der Kirche spricht der Pfarrer:
Dass ein Band Euch stets umschlinge!
Auf die weissen zarten Hände
Gleiten dann die goldnen Ringe.*

*Ja, — das thun gesunde Leute
Ohne irgend welche Mahnung —
O, glaub' mir, wie sie gesund sind
Keiner hat davon die Ahnung!*

*Ja, das thun gesunde Menschen
Zwischen zwanzig, dreissig Jahren,
O, wie schrecklich sie gesund sind
Keiner hat es je erfahren!*

STERNE UND MENSCHEN.

Die Sternlein schlafen am Himmelszelt
Wenn die Sonne beginnt den Strahlenlauf,
Sie schlafen und träumen so hübsch von der
Welt
Wenn die Menschen steh'n aus den Betten
auf.
Doch Abends, wenn die Sonne sich neiget,
Die Sternlein reiben die Augen sich aus,
Wenn Liebe und Hass in den Menschen
schweiget,
Sie springen aus gold'nen Bettchen heraus,
Und knixen und wünschen sich guten Mor-
gen
In ihrer klirrenden, dünnen Sprach',
Und nehmen auf sich die Himmelssorgen,
Ein jedes geht seinen Geschäften nach, —
Ach Gott, — die Sterne an dem Himmel
Sind so unglücklich wie wir auch,
Die Kehrer auf dem Milchstrassen-Gewim-
mel
Ersehnen sich neuen Besengebrauch,

*Um Orions Glanz des Neids kein Ende,
Und kommt ein Planet, erblasst's in der Näh', —
Ach Gott — ich seh', am Firmamente
Da sitzt das gleiche, glitzernde Weh'!*

AVANCEMENT.

Sie werden Alle grosse Leute
Die jüngst noch neben mir gelebt,
Erschreckend ist es anzusehen,
Wie alles in die Höhe strebt.

Sie füllen Weisheit in die Köpfe,
Und speculiren früh und spat;
Dann kommen Uniform und Orden,
Und Fräcke, Degen und Ornat.

Sie warten Alle auf den Thaler
Gehaltszulage, — eine Braut
Sitzt längst in ein emdeutschen Stübchen,
Und horcht auf Nachtigallenlaut.

*Dies ewig hast'ge Avanciren
Es schreckt und störet meinen Schlaf;
All' Augenblicke hör' ich schellen:
Schon wieder Einer, den es traf.*

*Worin allein ich avancire,
Es ist zu wild, zu schmerzensbleich,
Mich zogen weisse Lichtgestalten
In ihr umklammernd Nebelreich.*

LUSTFAHRT.

Die Wagen rollen, der Kutscher sitzt
So stolz, — es funkelt die neue Livrei,
Und drinnen sitzt ein reicher Schwarm,
Die lachen und gesticuliren dabei.

Die Wagen halten, die Rosse sprühn;
Man schaut herab, es klingelt am Thor,
Der Schlag geht auf, es hüpft und springt,
Viel farbige, kichernde Menschen hervor.

In meiner Brust rollt auch eine Chaise,
Es peitscht, die Pferde streben nach Haus',
Der Kutscher hält, es huschen zum Schlag
Viel schwarz-vermummte Gedanken heraus.

ROSE UND NACHTIGALL.

Man misst Dir betresste Kleider an,
Man giesst Dir in den Mund den Wein,
Man zieht den Hut und sagt guten Tag, —
Die Nachtigall will anders begriffen sein.

Die Mädchenlippen glühen roth,
Die Taille schmiegt sich hübsch und fein,
Es hebt sich der Busen liebeswarm, —
Die Rose will anders begriffen sein.

Die Nachtigall sagt nicht guten Tag,
Die Rose trinkt nicht den rothen Wein,
Die Rose blüht, und die Nachtigall singt,
Sie wollen anders begriffen sein.

NACHTIGALL.

Trill're Herz o Deine Töne
Hell wie's in den Bäumen klingt,
Trillre sie um jene Schöne,
Deren junges Herz zerspringt!

Denn die kleinen Menschen horchen
Gerne ein verblutend Lied,
Wenn im Häuschen sie geborgen,
Wie es draussen zuckt und sprüht.

Hörst Du, wie die Kleire singet,
Hörest Du die Nachtigall,
Deren junges Herz verspringet
Für die frohen Menschen all'?

Ist Dein Lied auch lauter Weinen
Und nur Nachtigallenschmerz, —
Ach, es hören gern die kleinen
Menschen ein verblutend Herz.

DIE KLEINE SÄNGERIN.

*Stürmisch quillt's in meinem Herzen,
Stürmisch tobts in meinem Sinn,
Denn ich höre, wie mit Schmerzen
Ruft die kleine Sängerin.*

*Die dort in den Zweigen wohnet,
Und regiert mit Sang und Schall,
Auf smaragdnen Bäumen thronet,
Kleine, rothe Nachtigall.*

*Kennst die Sängrin Du, die kleine,
Kennst Du ihre bleiche Art,
Mit den Händchen weiss und feine,
Mit dem Mündchen roth und zart?*

*Die mit Küssen uns belohnet
Fern im Stübchen eng und schmal,
Die im weissen Bettchen wohnet,
Kleines Mädchen, Nachtigall?*

*Ach, in mir da tobt und quillt es,
Und mein armes Herz erschrickt,
Denn die Sängrin ruft und schrillt es,
Dass ihr junges Herz erstickt.*

ZUFLUCHT.

*Es bleibt mir noch, wenn Alles bricht,
Wenn ich hier ausgestossen,
Wenn dampfend zuckt mein Lebenslicht,
Ein Kelch rothglühnder Rosen.*

*Ich weiss, man schnitzt die Gerden schon,
Spiessruthen auszutheilen,
Ich fühle die Schmach, ich fühle den Hohn,
Die Rose, sie wird's heilen.*

*Abwarten muss ich noch die Frist,
Die Zeit muss sich erfüllen,
Bis Blut aus meinem Herzen fliesst,
Die Lilje, sie wird's stillen.*

*Ihr Mund, der ist von Liebe schwer,
Und neigt sich zitternd bange;
Es stürzt ein blondes Lockenmeer
Auf meine bleiche Wange.*

FATAL.

Die Welt ist wieder schön und jung,
Die Wiesen lachen grün und farbig,
Die Blumen sprechen mancherlei,
Die Schmerzen wollen wir vergessen.

Im dunklen Walde liegt ein Schloss,
Im Schloss da brennen tausend Kerzen,
Die Damen sitzen schon im Saal,
Du wirst erwartet, Du musst kommen!

Es ist ja schöner, heller Tag,
Die Blumen sind die farb'gen Kerzen,
Die kleine Schäf'rin lacht mich an,
Es läuten ja die Frühlingsglocken.

Im Schloss die Fenster öffnen sich,
Und aus den Fenstern lauschen Damen
Im weissen Nachtkleid, — durch den Wald
Da hört man Schritte, — Du musst kommen!

Adieu ihr lieben Blümelein,
Leb wohl Du kleines, sanftes Mädchen,
Ich muss in jenes dunkle Schloss,
Ich glaub', ich werd' nicht wiederkommen.

VERGEBENS.

O frage nicht, ob Du vielleicht
Dich mit der Welt noch wirst versöhnen,
Nachträglich Mitleid hilft Dir nicht,
Dein Schicksal ist ja längst beschlossen!

Was Du bisher gekämpft, geweint,
War mühsam nachgeäfftes Blendwerk,
Du weisst, die Frau hat Dich geküsst,
Zum Venusberg musst Du zurücke!

Das Mal war ja auf Deiner Stirn
Schon eingebrannt seit Kindestagen,
An Deiner Wiege stund die Fee,
Ihr Schicksalsspruch muss sich erfüllen!

*Es ist die Fee Morgana, die
Auf Ogier ihren Dänen wartet,
Dort auf der Wiese nächst beim Schloss,
Sie weiss gewiss, er wird noch kommen.*

*Es ist ganz gleich, wo er jetzt kämpft,
Ganz gleich, ob ihm sein Pferd zerschossen,
Und ob er müd' und altersgrau,
Morgana, sie kann ihn verjüngen.*

*Das ist die kleine weisse Fee,
Das ist das kleine deutsche Mädchen,
Sie wacht in einem Kämmerlein,
Sie weiss gewiss, Du wirst noch kommen.*

*O frage nicht herum und hin,
Lass Deine kleine Fee nicht warten,
Geh lieber gleich zu ihr und sage,
Die Welt hab' Dich schon ausgestossen.*

VICTOR.

Victor, heisst Du,
Du siegreiches
Judenmädchen vom Strande des Neckar,
Wo Deine Eltern, kleine Leutchen,
Niedliche Sachen auf's Wasser setzen,
Spinnräder, Tischlein und Uhren vom
                Schwarzwald,
Die hinunter schwimmen zum Rhein und
                nach Holland,
Und grossen Reichthum zurück ihnen brach-
                ten; —
Victor, jüdisches Mädchen vom Neckar,
Die Du mit weissem Kleide, das kaum
Den zierlichen Kranz der Stiefletten erreicht
                hat,
Hinwandelst drüben am Neckarflusse,
Und singst von den Weiden an Babylons
                Wassern,

Und überdenkst das Schicksal Deiner Ge-
nossen
Und Euer Glück preissest im Schwaben-
lande; —
O Victor, Du weisses, unschuldiges Reh
Mit jüdischen Augen, Dich scheidet von mir
Nicht nur der Neckar, das kleine Flüsschen,
O, ein Neckar grundtiefer Gesetze,
Ein schäumender Strom der Rache Jehovas,
Und unendliches Rinnsal dunkler Gefühle,
Ueber die keine Brücke hinüberführet, —
O Jüdin komm herüber zu mir,
Komm, und zieh' Dein schächtendes Messer,
Kniee mit Deinen weissen Knieen
Auf meine Brust und sprich zu mir:
„Weil Du nicht mitgesungen hast einstmals
Bei den Weiden am Neckar Mesopotamiens,
Noch ertragen hast Hitze und Staub in
Aegypten,
Noch mit uns gegessen das Manna der Trüb-
sal,
Und hast nicht gehört die Fluth der Schmäh-
ung,
Die wir seit tausend Jahren vernommen,
Und glaubst nicht an meinen Gott, den Gott
Jakobs,

Der uns durchs rothe Meer hat geleitet,
Und über den Jordan zu Milch und Honig,
Und endlich auch über den Neckar geführt
hat," —
Dann stosse Dein Messer in meine Brust,
O Jüdin, und nimm mein Christenblut,
Und lass mich sterben in Deinen Armen. —

DIE KRIEGER VON LOCHLIN.

*Die Krieger von Lochlin, die einst gestritten
Drüben in England, im Nebelreiche,
Woselbst das Schlachtfeld vom grauen Nebel
Gesäubert erst ward mit breiten Schwertern,
Die Krieger von Lochlin, die so furchtbar
gekämpft
Mit den grünen, nebelumflossenen Söhnen
Des grünen, nebelumflossenen Erin,
Von Früh bis Abends, und bei sinkender
Nacht
Endlich nach Hause kehrten, und endlich
Ein Töpfchen gewärmter Speise erhielten
Aus den Händen der weissen, stillen Ge-
mahlin,
Die schmerzlich lächelte und die Kinder rief,*

*O, die Krieger von Lochlin und grünen
  Söhne
Erins, die in England liegen
Im feuchten Grab und mit knochigen Wun-
  den,
Den Namen Fingal noch zwischen den Zäh-
  nen, —
Haben nicht gelitten, was wir gelitten
Die jungen Krieger im deutschen Erin,
Und kannten nicht die schmerzlichen Wun-
  den,
Die wir empfinden, und die nie heilen,
Die unsichtbaren Wunden der Seele; —
Die Krieger von Lochlin schlugen wohl
Mit eisernen Schwertern klaffende Wunden,
Doch wir ach, kämpfen mit Schattenschwer-
  tern,
Und führen lautlos-kraftlose Hiebe
Gegen die eignen nebelhaften
Halberschlagnen, dumpfen Gefühle,
Und fratzenhaften Triebe der Seele,
Die unverwundbar wie Phantome,
Mit gläsernem Leib und hölzernen Beinen,
Und lederner Brust und gefärbten Lippen
Aufs neue sich stets vom Lager erheben
Und uns verhöhnen mit gelben Gesichtern,*

*Ein erbärmlich-nichtsnutziger, zweckloser
                                Kampf,*
Den ganzen Tag und zu jeder Stunde,
Bis wir hinsinken endlich am Abend
Todesmatt und zum Sterben bereit,
Verzweifelnd fast, dass uns das Schicksal
*Nicht gütige, blutende Wunden bescheert
                                hat, —*
Und endlich spät noch ein kleines Mädchen
Lächelnd bringt uns das Töpfchen mit Speise,
Herzensspeise dem Krieger von Lochlin,
Blaue Gnadenblicke dem Erin,
Die er gierig hinabschlingt. —

INHALT:

DÄMMERUNGSSTÜCKE.

	Seite
Das grosse Haus	3
In der Kirche	6
Das rothe Haus	10
Die rothe Braut	23
Der Hexenritt	27

BALLADEN UND ROMANZEN.

Der Firmling	37
Das Königskind	45
Hexenammenlied	47
Die Nix	50
Die Dirne und der schwarze Junker	53
Tam o' Shanter (nach dem Schottischen)	56
Herr Heymon	60

MÄNNER UND FRAUEN, ein Sonettenkranz.

I—XXI. . . . . 65—88

VERSCHIEDENES.

Das Schloss	91
Die blühenden Mädchen	93
Verfehlt	94
Die Sonate	95

	Seite
Das kleine Wort	96
Der Träumer	97
Sie wissen's nicht	99
Gesunde Leute	100
Sterne und Menschen	102
Avancement	104
Lustfahrt	106
Rose und Nachtigall	107
Nachtigall	108
Die kleine Sängerin	109
Zuflucht	111
Fatal	112
Vergebens	114
Victor	116
Die Krieger von Lochlin	119